**Andres**

# Breve estudio sobre el tratamiento del tumor blanco

Andres Romero

# Breve estudio sobre el tratamiento del tumor blanco

Reimpresión del original, primera publicación en 1878.

1ª edición 2024 | ISBN: 978-3-36804-996-6

Verlag (Editorial): Outlook Verlag GmbH, Zeilweg 44, 60439 Frankfurt, Deutschland
Vertretungsberechtigt (Representante autorizado): E. Roepke, Zeilweg 44, 60439 Frankfurt, Deutschland
Druck (Imprenta): Books on Demand GmbH, In de Tarpen 42, 22848 Norderstedt, Deutschland

# FACULTAD DE MEDICINA DE MÉXICO

# BREVE ESTUDIO

SOBRE EL

# Tratamiento del Tumor Blanco

= POR =

## Andrés Romero

ALUMNO DE LA ESCUELA DE MEDICINA

—DE—

## MEXICO

MEXICO

1878

$\mathcal{S}$IENDO el tumor blanco con mucha frecuencia una manifestacion local de afecciones que comprometen todo el organismo, su tratamiento debe abarcar los medios capaces de mejorar la constitucion, así como los que se opongan al progreso del padecimiento articular, de donde resulta la necesidad de un tratamiento general y local.

## Tratamiento general.

La constitucion del enfermo, ya se encuentra simplemente debilitada por la supuracion, el insomnio y los muchos sufrimientos de que es víctima, ya está profundamente alterada por el desarrollo de las diatesis escrofulosa ó tuberculosa de que el tumor blanco es manifestacion local; en ambos casos es necesario sostener las fuerzas del paciente, y para esto las buenas condiciones higiénicas, como una habitacion amplia, bien ventilada y expuesta al sol, ejercicios moderados en sitios donde se respire un aire puro y donde se reciba la benéfica influencia de los rallos solares, secundado todo esto por una alimentacion fortificante, el uso del vino, sobre todo el de quina y la hidroterapia si el padecimiento local lo permite, bastarán para combatir el agotamiento producido por la supuracion, siendo indispensable en el segundo caso recurrir ademas á los modificadores de la nutricion y á los reparadores, tales como las preparaciones de fierro, el ioduro de potasio, el aceite de hígado de bacalao, el aceite iodado, &c., &c.

En los casos en que el tumor blanco se encuentre bajo la influencia de la diatesis reumatismal, habrá que recurrir á los medios que la experiencia ha hecho reconocer como útiles en el tratamiento de este estado; la primera indicacion que se debe llenar, es poner al enfermo al abrigo de los enfriamientos, lo que se consigue con el uso de ropa interior de lana, evitando los lugares donde se esté bajo la influencia del frio y de la humedad, secundado esto por los diuréticos y los baños de vapor. El tratamiento misto anti-sifilítico, es decir, las preparaciones de mercurio y el ioduro de potasio unidos á un plan tónico y corroborante y á la hidroterapia, ofrecerán grandes esperanzas de éxito en los casos de tumor blanco de orígen sifilítico.

Estos son los recursos que se ponen en obra para modificar el mal estado de la constitucion de cuya mejora depende tanto la evolucion del padecimiento articular, pues mientras el estado general no se mejore, el tumor blanco tenderá menos hácia la curacion. Esto no quiere decir que el tratamiento local sea inútil, pues que tiene sobre todo por objeto, hacer que, en caso de curacion, quede al enfermo un miembro lo mas útil que sea posible.

# Tratamiento local.

———

Uno de los fines que se proponen con el tratamiento local, es calmar los accidentes inflamatorios agudos ó subagudos que conducen rápidamente á la supuracion de la articulacion, para lo cual se emplean los medios llamados anti-flogísticos, entre los cuales se cuentan las sangrías locales, los emolientes, el frio y el mas útil de todos la inmovilidad; estudiaremos sucesivamente estos diferentes recursos terapéuticos.

Las sangrías locales están lejos de suministrar los ventajosos resultados que con ellas se proponian, porque mal pueden convenir á enfermos en general anémicos ó muy debilitados por su enfermedad, y aun mas por la afeccion general de que comunmente adolecen; sin embargo, si los accidentes inflamatorios son tan intensos que el enfermo no pueda tolerar la aplicacion del frio por los agudos dolores que le determina, no se vacilará en aplicar algunas sanguijuelas ó ventosas sajadas.

Los emolientes se emplean bajo la forma de cataplasmas, con el objeto de moderar la inflamacion y calmar el dolor; para hacerlas mas eficaces, se las rosea con láudano ó cualquiera otro líquido narcótico, pero tras de que su efecto es dudoso, tienen el inconveniente de mantener el empastamiento del miembro.

Un medio mas seguro para vencer la inflamacion y calmar el dolor, es el frio, que puede emplearse bajo forma de hielo, compresas embebidas en agua fria y renovadas muy á menudo, la irrigacion y la inmersion en agua fria. Estos diferentes modos de aplicar el frio corresponden á las varias indicaciones que se ha querido llenar; así, para combatir los accidentes inflamatarios del principio, cuando todavía no se han establecido fístulas, solo puede tratarse de la aplicacion de vejigas de hielo ó de compresas mojadas en agua fria y renovadas cada cinco minutos, para evitar que se calienten, pues la irrigacion y la inmercion aunque pueden emplearse con el mismo objeto, son muy inferiores á los medios ántes dichos, y solo presentan ventajas reales, sobre todo la inmersion, en los casos de tumor blanco supurado con trayectos fistulosos, porque á la vez que combate la inflamacion, evita el contacto del aire con el pus, y por lo mismo previene los accidentes de infeccion que sucederian á su descomposicion.

Una de las condiciones que en todos los tiempos se ha juzgado indispensable para la curacion de las afecciones articulares, ha sido la inmovilidad; pero como por otra parte todos los cirujanos están de acuerdo en reconocer la favorable influencia del ejercicio al aire y al sol, para sostener las fuerzas de los enfermos que por sus padecimientos se encuentran sometidos á numerosas causas de debilitamiento, recomiendan el ejercicio en los casos en que el tumor blanco tiene su sitio en los miembros superiores; no sucede lo mismo cuando se trata de una de las articulaciones de los miembros inferiores; en estos casos, un gran número de cirujanos, entre los cuales se encuentran Desault y Boyer, ordenan el reposo absoluto en la cama.

Lugol, preocupándose mas del estado general de sus enfermos, y encontrando por su práctica que no son tan dañosos los ligeros movimientos que ejecuta una articulacion que se tiene cuidado de mover lo ménos posible, prescribe á sus enfermos un paseo diario apoyados sobre muletas ó ayudados por sus compañeros, y refiere algunas observaciones en apoyo de su práctica. Barthez, temiendo los efectos de la inmovilidad en lo que pudiera comprometer los movimientos de la articulacion, vá mas léjos en su práctica, pues que aconseja que el cirujano mismo haga ejecutar movimientos á la articulacion enferma, con objeto de prevenir la anquilosis, y asegura que con este proceder, el miembro que ántes se encontraba enflaquecido y casi atrofiado, recobra gradualmente sus funciones y gran parte de su perdida energía.

La perfeccion á que se ha llegado en la confeccion de los aparatos inmovilizadores, ha puesto término á estas disidencias, permitiendo conciliar las exigencias del tratamiento general y local; debido á estos aparatos, los enfermos que ántes se veian irremisiblemente obligados á guardar cama durante su enfermedad, hoy pueden pasear y aun andar en sus negocios, permaneciendo su articulacion suficientemente inmovilizada.

Antes de pasar á la exposicion de los aparatos inmovilizadores, nos ha parecido conveniente ocuparnos del modo de corregir un accidente muy comun, y al cual es necesario poner remedio si no se quiere dejar al enfermo, en caso de curacion, un miembro inútil, y que mantendrá algunos de sus sufrimientos; este accidente es la posicion viciosa que los enfermos dan al miembro afectado para calmar el dolor, y que mantenida al principio por la contractura de los músculos flexores, más tarde lo será por la retraccion de los mismos, y adherencias mas ó ménos firmes establecidas entre las extremidades huesosas. Nos ha parecido oportuno estudiar aquí este punto por relacionarse inmediatamente con el de los aparatos inamovibles, pues que si hay que hacer algo para corregir una mala posicion, no es ménos necesario mantener el miembro en la posicion conveniente, y esto se consigue por medio de los aparatos.

Mientras mayor es el tiempo que el miembro ha pasado en una mala posicion, mas firmes son las adherencias que lo mantienen en ella, y mayores serán las dificultades que se encuentren para llevarlo á la posicion conveniente; pero cualquiera que sean las dificultades con que se tropiece, hay dos métodos para conseguirlo: el enderezamiento gradual y el enderezamiento brusco; en el primero se va extendiendo el miembro poco á poco y en diferentes ocasiones por medio de las manos, ó si estas no bastan para vencer las resistencias, con la ayuda de los aparatos que sirven para multiplicar las fuerzas, y en el segundo, se lleva el miembro á la posicion que se le quiera dar en una sola operacion. El primer método es largo, doloroso y falla á menudo, pero tiene la ventaja de no exponer tanto como el primero á los accidentes inflamatorios, y debe emplearse siempre que se espere que el mal cure sin anquílosis; el segundo método conduce directamente al fin que se proponen, y su empleo se encuentra facilitado por la aplicacion del cloroformo que suprime el dolor y destruye la contractura muscular, pero tiene tambien sus inconvenientes, pues que la brusquedad con que se vencen los obstáculos que se oponen al enderezamiento no es inocente, y expone con frecuencia á una artritis aguda, que producirá si es bien conducida, la fundicion de la articulacion y su anquílosis, pero no se obtiene este resultado sin graves accidentes que pueden comprometer la vida del enfermo. Muchas veces hay que hacer tambien la tenotomía de los músculos retraidos, y aun hay casos en que no es posible obtener el enderezamiento sin exponerse á producir una fractura, como se refieren hechos en que esto há sucedido.

Una vez que se ha conseguido llevar el miembro á la posicion conveniente hay que mantenerlo en ella, lo que se conseguirá por medio de los aparatos inmovilizadores. Estos son muy numerosos: los hay que inmovilizan el miembro, dejando la articulacion á descubierto, permiten por consiguiente vigilar su estado facilitando la aplicacion de los tópicos que se juzguen convenientes, y por lo mismo se preferirán cuando se esté en presencia de una exacervacion de la inflamacion. Estos aparatos consisten en canaladuras de cuero, carton, alambre, fierro laminado &c., cuya concavidad se amolda á la configuración del miembro, siendo siempre mas amplias que este y no cubriendo sino la mitad de su circunferencia para permitir la aplicacion de los medicamentos.

Para poner uno de estos aparatos, se comienza por disponer un cogin de algodon bien grueso en la concavidad de la canaladura, con objeto de asegurar la union exacta del miembro con el aparato, así como para que su contacto con este no sea doloroso; y por último, se cubre el algodon con tafetan engomado á fin de que no lo ensucien la supuracion y las materias de la curacion.

Los aparatos de yeso son muy útiles en el tratamiento del tumor blanco: porque á la vez que inmovilizan la articulacion, ejercen una compresion provechosa para disipar los restos de inflamacion sub-aguda que presisten, tienen tambien la ventaja de que con ellos pueden andar cómodamente los enfermos y dejar de ver á su médico por un espacio de tiempo mas ó menos largo, hasta que el aparato se descompone ó una exacervacion de la inflamacion los conduce á ponerse de nuevo en tratamiento; solo son ventajosamente reemplazados por las canaladuras cuando la inflamacion es muy intensa en cuyo caso la compresion es mas dañosa que útil.

La construccion de estos aparatos se hace de la manera siguiente: se toman vendas de algodon ó de gaza á las que se espolvorea yeso finamente pulverizado hasta que el polvo haya penetrado bien el tejido, se enrollan y se pueden conservar así hasta que se las quiera usar, bastando para su aplicacion mojarlos en agua. Para poner el aparato se empieza por cubrir la articulacion con una capa mas ó menos gruesa de algodon segun el grado de compresion que se quiera ejercer sosteniéndola con un vendaje simple llevado desde la extremidad libre del miembro y sobre todo esto se extiende la venda que contiene el yeso, pasando los limites de la articulacion arriba y abajo. El número de vendas preparadas será proporcional al grado de consistencia que se quiera dar al aparato, bastando generalmente tres ó cuatro.

Luego que el aparato ha tomado suficiente consistencia, se le hiende en toda su longitud y si se ha aflojado por la diminucion de la hinchazon, se le extrae una tira de dos ó mas dedos de anchura, para que al ponerlo de nuevo siga comprimiendo, y se le fija por medio de cintas que se pasan por agujeros practicados en uno y otro borde de la hendedura ó por medio de un vendaje simple; con esto se obtiene un aparato amovoinamovible que permite ver diariamente el estado de la articulacion, hacer las aplicaciones locales que se juzguen oportunas, y que el enfermo tome sus baños

Combatida la inflamacion en su periodo agudo, muchos cirujanos se limitan al uso del aparato inamovible, y á la aplicacion de lijeros revulsivos tales como la pomada de nitrato de plata y la tintura de iodo, esperando de la continuacion del tratamiento general la mejora del padecimiento articular; otros dando mas importancia á las aplicaciones locales, luego que por los medios ya indicados han vencido los accidentes de la inflamacion aguda, siguen combatiéndola en su estado crónico por los revulsivos, lo que nos obliga á estudiar estos diferentes recursos.

VEJIGATORIOS.—Hay dos modos de aplicarlos, ya se pasean al rededor de la articulacion enferma numerosos y pequeños vejigatorios, haciendo su aplicacion sucesivamente ó ya se los aplica ámplios de modo que cubran toda la articulacion, renovándolos á medida que el anterior se seca. La utilidad de los vejigatorios parece demostrada por los éxitos que á su empleo se atribuyen.

CAUSTICOS.—Para que obren es necesario aplicarlos numerosas veces y mantenerlos en supuracion por mucho tiempo y aún así es raro obtener resultados apreciables.

MOXAS.—Las moxas tienen la ventaja de que como queman lenta y progresivamente, comunican el calor á alguna profundidad en los tejidos, sin tener como los cáusticos el inconveniente de producir escaras profundas que espongan á abrir la articulacion y á los accidentes que á esto seguirian: sin embargo como es muy dolorosa su aplicacion, se necesita recurrir al cloroformo, y como ademas es preciso emplearlas varias veces, es un trabajo no compensado por los resultados que son poco satisfactorios.

CAUTERIZACION TRANSCURREN TE.—Es un poderoso revulsivo con el cual no solo se propone despertar un trabajo inflamatorio en la piel, sino tambien comunicar calor á la articulacion con el objeto de despertar una reaccion saludable. Bonet cree que bajo la influencia del calor, la piel se retrae y ejerce sobre la articulacion una compresion que no deja de ser provechosa.

La cauterizacion se practica de la manera siguiente: se calientan al rojo oscuro dos ó tres cauterios cultelares, miéntras esto se consigue se adormece al enfermo por el cloroformo á fin

de suprimir el dolor é inmediatamente se procede á hacer el
número de rayas longitudinales que se juzgue conveniente, estas
deben estar bastante separadas unas de otras para que la piel
comprendida entre dos de ellas quéde intacta al caer las escaras; despues de la aplicacion del cauterio, se cubre la articulacion con compresas mojadas en agua fria para disminuir el dolor que causa la quemadura, las escaras caen á los cinco ó seis
dias y la cicatrizacion se hace generalmente á los veinticinco
ó treinta. Para obtener el resultado apetecido es necesario to-
mar algunas precauciones, así, para que el calor penetre con
mas facilidad al interior de la articulacion, deberán hacerse las
rayas en los puntos donde esta se encuentre cubierta por me-
nor número de partes blandas, en la rodilla, por ejemplo, se
harán arriba y á los lados de la rótula, en el puño en la parte
posterior del carpo &c., solo debe calentarse el cauterio al rojo
oscuro, porque calentado más, obraria con demasiada rapidez
y no daria tiempo de recalentar la articulacion sin exponer á
producir escaras muy profundas, miéntras que al rojo oscuro
se puede pasear el cauterio varias veces por la misma raya sin
ese riesgo; así es como se consigue el objeto deseado cual es que
el calor penetre al interior de la articulacion, y así es como se
dice que se obtienen magníficos resultados.

La cauterizacion puntuada obra en el mismo sentido que la
cauterizacion transcurrente y hay que tener las mismas precauciones al hacerla. El cauterio de que se sirve lleva en el es-
tremo encorvado una bolita que tiene por objeto almacenar el
calor, y conviene sobre todo para el puño y el cuello del pié;
se aplican en la parte posterior del carpo veinticinco ó treinta
puntos de fuego teniendo cuidado de que la escara comprenda
casi todo el expesor de la piel.

Entre los revulsivos deben contarse la pomada con el nitrato
de plata, la pomada estiviada y el aceite de croton en fricciones, todos obran por la erupcion vesico-pustolosa que determi-
nan en la piel; las fricciones de iodo obran sobre todo por la
vesicacion que producen, y algo por el iodo absorvido.

Hay otra série de medios comprendidos bajo la denomina-
cion de revulsivos mecánicos, cuya aplicacion local tiene una

doble accion mecánica y dinámica; estos medios son la compresion, la malaxacion y las duchas de pércusion.

La compresion tiene por objeto esprimir los líquidos que infiltran los tejidos peri-articulares, ofrece ademas el beneficio de mantener la articulacion en la inmovilidad, pero como su accion se limita á las partes blandas superficiales, solo es un buen adyubante que se debe emplear con otros medios; así la compresion combinada con los vegigatorios volantes, suele dar muy buenos resultados, pero cualquiera que sea el medio con que se ejerza es necesario que la articulacion sea uniformemente comprimida en todos sus puntos, á fin de evitar el estrangulamiento, sin esta precaucion se expondria á graves accidentes, tales como la formacion de escaras á concecuencia de la detencion de la circulacion en esos puntos. Es entonces necesario vigilar el aparato y quitarlo siempre que produzca un dolor violento y persistente.

La manera mas usada de ejercer la compresion es poner con vendoletes estrechos de tela emplástica que compriman la articulacion, una especie de coraza; se disponen los vendoletes como en el vendaje de Scultet imbricados unos sobre los otros pasando los límites de la articulacion arriba y abajo, y se proteje todo por medio de un vendaje simple que lo conserva mas tiempo aunque casi siempre hay que renovarlo cada cuatro ó cinco dias.

Bonet prefiere un simple vendaje circular hecho con vendas de francla, que dotadas de alguna elasticidad están ménos expuestas á aflojarse, y mantienen sobre la articulacion una temperatura constante, así como cierto grado de irritacion en la piel.

Hay otro medio de ejercer la compresion que permite aplicarla en los puntos que se cree conveniente, consiste este en hacer un vendaje simple y en los puntos que se quiere comprimir se interponen rueditas de agárico.

Ya hemos visto que una de las ventajas de los aparatos inamovibles, es ejercer cierto grado de compresion que se puede graduar á voluntad, y sirve á maravilla para el fin que se proponen comprimiendo, pues que precisamente uno de los inconvenientes que se señala á estos aparatos es la prueba de su eficacia para desinfiltrar los tejidos peri-articulares y disminuir la hinchazon: se dice que se aflojan con facilidad y por lo mismo se hacen ineficacès para seguir comprimiendo, esto es cierto; pero al mismo tiempo prueba la utilidad de estos aparatos, porque sin disminuir la hinchazon no se aflojarian, por otra parte, es muy fácil devolverles su eficacia transformándolos en aparatos amovo-inavovibles.

La malaxacion es un medio accesorio que obra en el mismo sentido que la compresion, es decir, que exprime los líquidos que infiltran las partes blandas de la articulacion y calma los dolores.

Las duchas de percusion disfrutan de algun favor en el tratamiento del tumor blanco cuando es indolente, golpean la articulacion con cierta energía y provocan una reaccion franca, que si es tiempo aún, produce la reabsorcion del líquido contenido en la cavidad articular, y si la supuracion es inevitable, dá á la enfermedad un cárácter francamente inflamatorio, verdadero progreso hácia la curacion.

Todos los agentes terapéuticos de que acabamos de hablar, ofrecen mayores esperanzas de éxito, en los casos en que la afeccion ha tomado orígen en las extremidades huesosas, que cuando ha principiado por la sinovial, en estos casos es á menudo imposible cualquiera cosa que se haga, evitar el establecimiento de la supuracion y se forman colecciones purulentas intra ó extra articulares, á que es necesario poner remedio para prevenir los funestos resultados de la reabsorcion pútrida.

Antes se abrian ámpliamente estos abcesos para impedir que el pus se acumulase en el interior de la articulacion, y se hacian inyecciones de iodo para modificar la serosa y prevenir la descomposicion del pus, con esta práctica se conseguia terminar la fuente de la supuracion, que la serosa vejetara, y se obtenia la curacion por anquílosis, y áun se dice que con conservacion de los movimientos.

Los cirujanos de hoy temiendo la penetracion del aire á la articulacion, no la abren ámpliamente, sino que la puncionan con un trocar provisto de una llave que impide la entrada del aire, extraen el pus y hacen una inyeccion de iodo; á menudo la primera inyeccion no basta y hay que repetirla varias veces hasta conseguir modificar la serosa, indudablemente este método de puncion es superior al de amplie incision y á el debe recurrirse siempre que sea necesario.

Si el pus se ha abierto camino por uno ó varios trayectos fistulosos, viene á ser inútil la puncion porque siempre será posible introducir por ellos una sonda de goma hasta el interior de la articulacion, á cuyo extremo se adaptará la geringa de inyecciones; esta práctica es muy difícil y áun llega á hacerse imposible cuando los trayectos fistulosos son muy sinuosos y estrechos ó que se hayan obturado, en estos casos será siempre necesario la puncion.

Los abcesos peri-articulares siempre se les abrirá ampliamente para facilitar el escurrimiento de la supuracion y la aplicacion de lavatorios, que no permitan la acumulacion del pus y favorezcan su cicatrizacion.

Hay casos en los que el tratamiento mejor instituido falla; la supuracion excesiva agota al enfermo, la nutricion languidece y pronto aparece la fiebre ectica con sus terribles consecuencias, y la muerte llega á ser innevitable si el cirujano no destruye por una operacion la fuente de los males; en estos casos se puede recurrir á dos operaciones: ya se tendrá que sacrificar el miembro afectado en provecho de la vida, en cuyo caso habrá que hacer la amputacion, ó bien si las condiciones en que el enfermo se encuentra lo permiten, se le conservará el miembro capaz de prestarle algunos servicios, practicando una reseccion articular.

La amputacion, operacion peligrosa por sí misma pero cuya mortalidad disminuye algo en casos patológicos, fué por mucho tiempo el único recurso con que se contaba para los casos en que el tumor blanco viniera á comprometer la vida, y aún se llegó á abusar de este recurso fiándose en los favorables resultados de la amputacion en estos casos. El conocimiento de las resecciones articulares, ha venido á restringir mucho la oportunidad de la amputacion y ha dado orígen al estudio del valor comparativo de una y otra operacion en caso de tumor blanco, pero como para esta apreciacion habria que considerarse cadaar-

ticulacion en particular, no puede decirse nada en general que
sea exacto; sin embargo, pueden señalarse algunas indicaciones
que sirvan de regla en cada caso particular.

El cirujano practicará la amputacion, siempre que las partes
blandas estén profundamente alteradas, transformadas en tejido lardacco, despegadas en grande extension por la supuracion, ó cuando el padecimiento aún residiendo casi enterainen-
te en las extremidades huesosas, la constitucion del enfermo esté
de tal manera debilitada que se tema no pueda sobrevivir á
una supuracion abundante y prolóngada. En las regiones donde las articulaciones están mal limitadas en las que por
lo mismo no siempse se está seguro de quitar todas las partes
afectadas, la ampuntacion está lo mas á menudo indicado, así
es como en las articulaciones del cuello del pié, se prefiere la
amputacion supre-malcolar á la reseccion.

Aun debe practicarse la amputacion, siempae que la reseccion ofreciendo los mismos peligros, de resultados inferiores como sucede en la articulacion de la rodilla.

Como las resecciones articulares ofrecen sobre las amputa-
-ciones, la incomparable ventaja de conservar un miembro mas
ó ménos útil, y como constituyen una operacion en general
ménos grave, serian por estas circunstancias casi siempre pre-
feridas á las amputaciones, pero como por otra parte el trauma-
tismo que dejan en partes de composicion tan complexa no
permite esperar que la herida cicatrice por primera intencion,
hay que contar con un trabajo superativo que durará meses,
lo que constituye el principal daño de estas operaciones en enfermos ya profundamente debilitados, así no pueden convenir,
sino en individuos cuya constitucion exenta de caquexia pue-
dan sufragar los gastos de una supuracion prolongada, y comc
en los niños y los jóvenes es donde comunmente se encuentra
satisfecha esta condicion, es en ellos donde á menudo se han
practicado las resecciones y donde se han obtenido éxitos bri-
llantes. De manera que lo primero con que se debe contar para practicar esta operacion, son las fuerzas del paciente y al
dado de esta condicion vendrán las consideraciones que nazcan
de la region afectada y del estado de las partes blandas; por-

que es ventajoso asegurarse de que la afeccion reside princi-
palmente en las extremidades huesosas, miéntras que las partes blandas están poco alteradas; de manera que se pueda contar con que el trabajo supurativo indispensable para la cicatrizacion, haga desaparecer las alteraciones de los tejidos peri-articulares.

En fin, hay casos en que no cabe ni el recurso de una operacion, y son aquellos en que el tumor blanco existe en varias
articulaciones importantes, cuando al lado del padecimiento
articular existen lesiones viscerales graves, como por ejemplo,
la tuberculosis pulmonar muy avanzada; sin embargo, la experiencia ha demostrado que la reseccion, y sobre todo la amputacion, surten á menudo aunque el pulmon contenga tubérculos crudos, la economía desembarazada del foco purulento que
la agotaba se encuentra, gracias á la operacion, en condiciones
favorables para retardar cuando ménos el reblandecimiento de
los tubérculos. Es inútil decir que si el reblandecimiento ha
comenzado, si el enfermo se encuentra presa de calentura por
las tardes, sudores nocturnos y acabado por la incoercible diar-
rea de los tubérculos, toda operacion quedará contraindicada,
pues que con ella no se haria sino dar á la evolucion tuberculosa una impulsion que traeria rápidamente la muerte.

Andrés Romero.

Milton Keynes UK
Ingram Content Group UK Ltd.
UKHW010637290424
441924UK00005B/344